LYCÉE CONDORCET

DIALOGUE

ENTRE

DON QUICHOTTE

ET SANCHO PANÇA

Vers lus au banquet

DE LA

SAINT-CHARLEMAGNE

LE 15 FÉVRIER 1890

PAR

CH. LYON-CAEN

PARIS

MAISON QUANTIN

7, RUE SAINT-BENOIT

DIALOGUE

DON QUICHOTTE ET SANCHO PANÇA

DIALOGUE

ENTRE

DON QUICHOTTE

ET SANCHO PANÇA

Vers lus au banquet

DE LA

SAINT-CHARLEMAGNE

LE 15 FÉVRIER 1890

PAR

CH. LYON-CAEN

1606

PARIS

MAISON QUANTIN

7, RUE SAINT-BENOIT

A

MM. TERRIER ET BERNAGE

Hommage respectueux.

Ch. L.-C.

DIALOGUE

ENTRE

DON QUICHOTTE ET SANCHO PANCA

« La Terre a vu jadis errer des paladins... »

. . . .

(VICTOR HUGO.)

SANCHO PANÇA.

MAITRE, c'est trop dormir; ça, debout! Il est tard,
Et ma *waterbury* marque onze heures et quart.
Je viens vous annoncer une de ces nouvelles
Qui vont vous réjouir et vous donner des ailes!
Nous devons aujourd'hui quitter les sombres lieux
Où depuis si longtemps nous dormions, oublieux
Du monde et des mortels. L'affreuse épidémie
S'acharnant après nous, Satan nous licencie,
Et je dis que, malgré ses défauts, par moments,

Le diable a, sur ma foi, de très bons mouvements.

Partons : des écoliers c'est aujourd'hui la fête ;

Il y faut des héros pour qu'elle soit complète.

Je selle mon grison, bride votre cheval,

Et nous nous invitons à ce gai festival.

Je sens se dilater d'avance mes narines

Au parfum pénétrant qui monte des cuisines.

Songez donc ! Nous allons — douce tradition —

Nous donner de nougat une indigestion...

Maître, vous semblez triste et gardez le silence ?

Allons, debout ! Prenez votre écu, votre lance.

Montez sur Rossinante, et, comme au temps jadis,

Partons tous deux... Je n'ai pas un maravédis

Et ma sacoche est vide autant que ma cervelle,

Mais, — vous en souvient-il ? — quand l'aurore nouvelle

Nous trouvait chevauchant déjà sur les chemins,

Avions-nous quelque argent de plus entre les mains ?

Qu'importe ? Nous allions, pauvres rêveurs mystiques,

A travers les sierras aux cimes fantastiques,

Car nous étions — c'était dit sur nos passeports —

Réparateurs d'abus et redresseurs de torts ;

Et tant qu'il restera des dames à défendre,

Des fautes à punir, des méchants à pourfendre,

Nous serons — qu'on nous traite à présent de nigauds —

Galants et généreux comme des hidalgos !

Notre race à périr est-elle destinée?
Avez-vous oublié madame Dulcinée,
Les archers, les moutons et les moulins à vent?
Si vous êtes toujours don Quichotte, en avant !
Et malgré les dangers et la maigre pitance,
J'aimerais bien encore à vous suivre...

DON QUICHOTTE

A distance !

Hé, Sancho, mon ami, mon brave serviteur,
D'où te vient aujourd'hui cette incroyable ardeur?
Je ne t'ai jamais ouï tenir un tel langage,
Car tu fus circonspect jadis, prudent et sage,
Et tu me sermonnais, m'appelant : « casse-cou ! »
A t'entendre, j'étais un songe-creux, un fou,
Mais tu me rends des points, à présent, en folie.
Quoi? Tu veux croire encore à la chevalerie ?
Va, laisse-moi dormir ; je suis d'un vieux *« bateau »*
Qui, vermoulu, disjoint, de toute part fait eau.
Pourquoi ressusciter un vieux fou qui radote ?
Laisse, laisse en repos le pauvre don Quichotte !
A quoi bon m'accabler de discours superflus ?
Si je voulais partir, je ne le pourrais plus.
Mon armure se rouille et ma pauvre salade

Ne me préserverait d'aucune estafilade.
Mon heaume est bosselé, fendu, percé de coups,
Et si je le vendais, j'en aurais quatre sous
Tout au plus chez quelque vieux marchand de ferraille.
Enfin, mon compagnon, mon cheval de bataille
Qui, jadis, m'emportait à travers monts et vaux,
Et ne s'emportait pas, lui; — ce roi des chevaux,
Rossinante, à l'allure aussi douce que fière,
A des velléités de tomber en poussière.
O Rossinante ! O toi qui, comme un paladin,
Étais maigre, efflanqué, toi qui, dans ton dédain
D'un râtelier garni, d'une litière molle,
Préférais les combats où, plein d'une ardeur folle,
La flamme dans le cœur, ton maître se jetait
Intrépide, criant comme un fou qu'il était,
Tu ne peux plus traîner ta carcasse sonnante !
Ton œil se ferme ! Adieu, ma pauvre Rossinante...
Vois-tu, j'étais un fou, mais toi, mon vieux cheval,
Tu t'appelais d'un nom sublime : l'idéal !
J'étais un fou; j'allais, courant de par le monde,
Protégeant l'opprimé contre le vice immonde,
J'étais sobre, j'étais amoureux, et j'avais
La haine de l'injuste et celle du mauvais.
Et maintenant, Sancho, tout ce que je réclame,
C'est d'avoir un linceul aux couleurs de ma dame,

Vieux pantin, j'ai besoin d'être raccommodé
Et tu vois bien, Sancho, que je suis démodé.

SANCHO.

Que non pas ! Quel succès vous attend, au contraire,
Si vous voulez me suivre aujourd'hui sur la terre !
Vous plaît-il, à Paris, de paraître un moment ?
Vous serez dans le train, mon maître, absolument.
De nos mœurs à présent la grand' ville raffole ;
Elle a pris pour un temps la mantille espagnole
Et posé sur son front le coquet boléro,
Pour aller acclamer le fameux toréro
Qui veut bien prendre part à trois ou quatre courses,
Nos bons Parisiens ont délié leurs bourses.
C'était Mazzantini, c'était Angel Pastor,
Aux costumes brodés et tout chamarrés d'or ;
Puis, c'était, l'air mutin, les prunelles brillantes,
De brunes gitanas, aux danses sémillantes,
Qui captivaient la foule, et la Macarona
Faisait qu'on désertait l'Estudiantina.
On allait — la mode a des caprices étranges —
Jeter à Soledad des douzaines d'oranges.
Nul prétexte ici-bas ne peut vous retenir.
Vous vous croyez trop vieux : il faut vous rajeunir.

On le peut maintenant, et rien n'est plus commode.
Aussi bien, votre habit n'est point passé de mode.
Il n'est plus, dites-vous, assez neuf, assez frais ?
Si l'on croit qu'à Paris, pour avoir du succès,
Il faut être élégant et bien mis, l'on se blouse,
Et rien n'est mieux porté de nos jours que la blouse !
Rossinante ne peut plus se traîner ? C'est bien.
Vous la remplacerez par un nouveau moyen
De transport et pourrez, laissant là ce squelette,
Accomplir vos exploits sur une bicyclette !
Vous pourrez consulter le docteur Brown Sequard
Qui d'un vieux décati sait faire un vert gaillard,
Et désormais, brillant de santé, de jeunesse,
Pansu comme Pança, vous aurez de la graisse !

DON QUICHOTTE.

Me rajeunir ? Quoi donc ? Être jeune, à quoi bon ?
Pour l'être ainsi qu'on l'est aujourd'hui ? Cent fois non !
Pour être un pommadin, blasé sur toute chose,
Être pourri de chic et dégoûtant de pose ?
Avoir une cravate énorme, un pantalon
Collant jusqu'à la jambe et bouffant au talon ?
Et pour perdre mon temps sur les pelouses vertes
De Longchamps, escomptant mes gains ou bien mes pertes.

Pour être jeune ainsi, vois-tu, j'aime bien mieux
Rester ce que je suis : un ridicule, un vieux
Radoteur assommant et qui bat la campagne,
Être jaune et ridé comme un vieux blanc d'Espagne,
Mais, quoique vieux, plus jeune encor que ces petits
Bonshommes qui ne sont que d'affreux ouistitis.

SANCHO.

Vous voulez un grand mal à la pauvre jeunesse ?
Quelle sévérité ! Non que je n'en connaisse
D'aucuns ressemblant fort à ce portrait flatteur !
Et ce n'est rien auprès du *Struggle for lifer !*
Mais il en est pourtant, mon maître, qu'il importe,
Peut-être, de ne pas maltraiter de la sorte,
Car la lutte est toujours l'objet de leur amour.
Darwin et Tom Cannon sont à l'ordre du jour.
Ne vous y trompez pas ; certains héros encore
Sont en vogue aujourd'hui. La foule les adore,
Sauf, quelque temps après, à leur crier : « A l'eau ! »
C'est ainsi qu'on a fait pour le grand Buffalo
Et pour d'autres. Enfin.....

DON QUICHOTTE.

       Ami, crois-tu m'instruire ?
Je sais que le meilleur accompagne le pire,

Et que le genre humain n'a pas dégénéré.
Tu veux partir ? Eh ! bien, je te suivrai, j'irai
Sur la terre écouter ce qu'on dit, ce qu'on pense.

SANCHO.

Comme les écoliers, j'aurai ma récompense,
En savourant le vin fameux, les mets exquis !

DON QUICHOTTE.

Et moi je leur dirai.....

SANCHO.

Tas d'affreux « ouistitis » !

DON QUICHOTTE.

Non pas : « Amis, je viens m'asseoir à votre fête.
« Je suis de ce pays si beau pour le poëte,
« Pays des rêves bleus, des blondes visions,
« Pays de l'idéal et des illusions
« Où l'on vit, bienheureux, dans une douce extase...
« Car Rossinante avait les ailes de Pégase ! »